上海人民美术出版社

浙江人民美术出版社

孙子兵法

——第二十二册

目　录

战例 **李嗣源知地而行救幽州**

编文：余中分

绘画：陆成法 陆亦军
　　　徐雅娥 陆 蕴

原　文　不知山林、险阻、沮泽之形者，不能行军。

译　文　不熟悉山林、险阻、水网、沼泽等地形的，不能行军。

1. 五代后梁贞明三年（公元917年）三月，契丹国首领耶律阿保机亲率大军南侵，在新州（今河北涿鹿）重创晋军，并乘胜进围幽州（今北京西南）。

2. 契丹三十万大兵，号称百万之众，将幽州团团围困起来。幽州四郊，契丹的毡车毳（cuì）帐，漫山遍野。

3. 镇守幽州的卢龙节度使周德威，一面率军与契丹攻城部队展开激烈对抗，一面急忙遣使混出幽州向晋王告急。

4. 幽州是北边军事重镇，周德威又是晋军上将，万一有失，非同小可。晋王李存勖（xù）当即召来众将商议对策。

5. 当时，晋与后梁正在河北大战，多数将领认为，幽州城池坚固，周德威有谋有勇，因而主张暂不分兵救援。唯独李嗣源等三人竭力主张引兵急救，李嗣源自愿为先锋。

6. 李存勖在听诸将出谋献策时，先已下了援救幽州的决心，李嗣源一讲，更坚定了他的信心，当下即命李嗣源整治兵马准备出发。

7. 四月，李存勖命李嗣源率兵先行，阎宝带领后续部队跟进。至七月，李存勖认为李嗣源和阎宝的军队不足以敌契丹，又命李存审率军增援。

8. 七月，三路人马在易州（今河北易县）会合，计有步兵、骑兵共
七万。将领们就下一步如何行军进行了商议。

9. 李存审说："敌众我寡，而且敌方多骑兵，我方多步兵，如果两军一旦在平原上相遇，敌方用庞大的骑兵队伍冲击我方，毫无疑问，我军将被消灭干净！"

10. 李嗣源接口道："我想还不仅如此。因敌已先处战地，外出游骑必无辎重随行，我方则必定载粮自随，若在平原相遇，敌骑单把我方军粮抄掠而走，我军就会不战自溃了。"

11. 于是，李嗣源决定率军从山中潜行赶赴幽州。这样，即使半途与敌相遇，也可据险而守，使敌骑无法展其所长。为此，晋军从易州出发之后，不是径直往东北的幽州而去，而是先向正北方向行军。

12. 晋军七万人马一路往北，越过大房岭（今河北房山西北），然后开始沿着山涧向东走。李嗣源和他的养子李从珂带领三千骑兵走在队伍最前面。

13. 部队行进到距幽州尚有六十里的地方，突然与契丹骑兵相遇。契丹兵吃了一惊，调转马头朝后撤。

14. 晋军当即分成两翼尾随契丹兵，所不同的是，契丹兵行在山上，晋军走在山涧。

15. 每至谷口，契丹骑兵就乘机加以拦击，李嗣源父子总是戮力死战，方才得以继续率众前行。

16. 经过几次激烈拼杀，晋军终于到达山口。哪知众人一口气没喘完，又猛地倒抽一口冷气——只见万余契丹骑兵先已拦在面前！

17. 胜败就在此一举了。李嗣源暗暗下了决心。当下率领百余骑兵冲到敌阵前。

18. 只见他摘掉帽子，马鞭朝敌一指，用契丹语大声喊道："你等无故犯我边疆，晋王命我率领百万之众，直抵西楼（契丹首府上京，今内蒙古巴林左旗南），要把你们全都灭掉！"

19. 李嗣源言毕，猛一催马，先后三入敌阵，斩杀契丹酋长一名。

20. 晋军将士见主帅这般神勇，个个信心倍增，奋身杀上。

21. 契丹骑兵慢慢往后退却，晋军跟着都出了山口。

22. 这时由于失去了山地屏障，很易遭到敌骑攻击。李存审即命步兵砍伐树枝作为鹿角，人手一枝。

23. 每当部队停下时，即用鹿角筑成寨子。契丹骑兵环寨而过，寨内万弩齐发，流矢蔽日，死伤的契丹人马塞满路途。

24. 晋军临近幽州，契丹兵列阵以待。李存审命令后边的步兵驻地勿动，先让老弱士卒点着草把、拖着树枝往前进。霎时，烟尘蔽天，契丹兵不知晋军到底来了多少人马。

25. 眼见决战时刻已到，李嗣源一声令下，晋军骑兵在前，步兵在后，次第杀向敌阵。一场鏖战，契丹兵大败而去，丢弃的车帐、羊马等满地皆是。

26. 李嗣源等将带兵进入幽州，周德威迎上前来，涕泪交流，百感俱集。幽州被困已近二百天，城内储粮将尽，亏得李嗣源知地而行，及时击退顽敌，保全了这一军事重镇。

成吉思汗间道袭居庸

编文: 冯 良

绘画: 宁 鹤永 骋

原　文　不用乡导者，不能得地利。

译　文　不重用向导的，不能得到地利。

1. 元太祖成吉思汗在第一次进攻金中都（今北京西南）因兵力不足而北撤后，经过一年准备，于元太祖七年（公元1212年）初，决定再次大举南下进攻金中都。

2. 正月，蒙古军攻掠云中（今山西大同）、九原诸地后，又进取抚州（治所在今河北张北）。

3. 金朝招讨使赫舍哩纠坚、监军完颜万努等率三十万大军，前往野狐岭（今河北张北与万全之间）应战。

4. 金将巴古失、桑臣向纠坚建议说："蒙古军新破抚州，正在纵兵大掠。如乘其不备而突击，可获大胜。"赫舍哩纠坚认为这种打法危险，不如步骑并进稳妥。

5. 于是，纠坚一面派部将舒穆噜明安去蒙古军营中斥责成吉思汗无端进攻金朝，一面进行反击的准备。

6. 明安到达蒙古军军营，随即投降敌方，并将金军兵力和部署全都告知。于是成吉思汗率军进至野狐岭北口的獾儿嘴。蒙古将领木华黎认为敌众我寡，建议拼死力战，以破强敌。

7. 金军一到达，木华黎立即亲率敢死队战士，策马横戈，大声喊杀，首先冲入金阵。接着，成吉思汗率主力猛攻。纠坚军大败，精兵猛将几乎全部被歼。

8. 元太祖八年（公元1213年）七月，成吉思汗率主力向金朝中都发起进攻，连克德兴、怀来、缙山（今北京延庆）；进逼居庸关。

9. 居庸关有南北两个关口，两口相距四十里，其间有两山夹峙，中为深涧，悬崖峭壁，堪称绝险。金军依恃险要，冶铁将关门封锢，并布铁蒺藜百余里，派精兵防守。

10. 成吉思汗的先锋将士到达居庸关；立即发动了猛烈攻击。守关的金军将士见蒙古军靠近，立即推下滚石擂木，蒙古军被砸伤甚多，只得退走。

11. 金军守将见蒙古军败退，遂下令冲出关去追杀，一直追出数里，未见蒙古军的后续兵马来到。

12. 金军正欲猛追，只听得一声炮响，埋伏的蒙古军一起杀出，将追赶的金军围住，金军几被全歼。

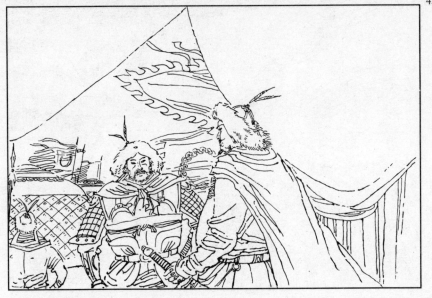

13. 成吉思汗立即率军再攻居庸关，但居庸北口已经紧闭，蒙古军无法前进。于是成吉思汗便召来萨巴勒询问："如何攻破居庸关？"

14. 由于萨巴勒曾多次出使金朝，对金朝情况十分熟悉，他对成吉思汗说："从此处而北，黑树林中有一条小路，可一人骑行。臣曾走过这条路，一个通宵可以通过这条间道。"

15. 成吉思汗思考再三，决定留部分兵力于居庸北口，继续与金兵对峙；自己率大军向西，绕道向紫荆关（在今河北易县境内）进军。

16. 又派蒙古将领哲伯率领精骑，以萨巴勒为向导，从间道奔袭居庸关的南口。

17. 哲伯率精骑于日暮入谷，黎明果然到达居庸关南口附近。待南口的金兵发觉，蒙古军已冲至阵前。

18. 蒙古军夺取了南口后，从南北两口进行夹击，一举夺取了居庸关，打通了进军的要道。接着，成吉思汗派五千骑兵切断中都援路，以主力包围中都。

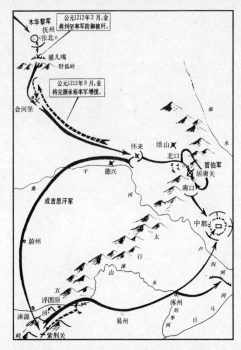

蒙军再攻中都作战示意图

孙 子 兵 法
SUN ZI BING FA

战 例　朱元璋诈胜陈友谅

编文：顾恒如

绘画：陈运星　唐淑芳
　　　邵靖民　唐冬华

原　文　兵以诈立，以利动，以分合为变者也。

译　文　用兵打仗要依靠诡诈多变才能成功，根据是否有利决定自己的行动，按照分散和集中兵力来变换战术。

1. 元顺帝至正十九年（公元1359年）前后，朱元璋以应天（今江苏南京）为中心，建立了江南根据地。他决定先平定其西面的陈友谅和东面的张士诚两大集团，然后北上灭元，统一全国。

2. 平定东西两大集团，该先对谁用兵？朱元璋问计于谋士刘基（刘伯温），刘基分析说："陈友谅据江州（今江西九江），无日不想谋我，应竭全力先除陈氏；陈氏灭，张氏势孤，一举可定。"

3. 朱元璋采纳刘基意见，对张士诚采取守势，积极整军备船，做西破陈友谅的准备。

4. 陈友谅确把朱元璋视为心腹之患，不待朱元璋进攻，尽发所有兵力顺流而下攻打朱元璋。至正二十年（公元1360年）闰五月，陈友谅军攻占太平（今安徽当涂），夺取采石（今安徽马鞍山长江东岸）。

5. 在夺取太平后，陈友谅杀死了农民军领袖徐寿辉，并以采石五通庙为行殿，仓促自立为帝，国号汉。同时遣使约张士诚夹攻朱元璋。

6. 当时，陈友谅的水军十倍于朱元璋。他不等张士诚的回音，就率领
"混江龙"、"塞断江"、"撞倒山"、"江海鳌"等巨舰，进逼应
天。

7. 朱元璋闻报，急忙召集谋士和将领商议对策。诸将知道陈友谅兵多势众，又善水战，都有些紧张。

8. 有的提出立即出兵迎战，有的主张弃城守钟山（今南京紫金山），有的谋士认为只有投降……众说纷纭，莫衷一是。

9. 朱元璋凝神谛听，注视着部下的神色。当他发现刘基始终沉思不语，知他定有主意，遂暂停议论，请刘基入内室商谈。

10. 朱元璋问道："大敌逼境，先生有何高见？"刘基说："主张投降和逃走的，可斩首号令；为安定军心，可以开仓倾库；敌人骄纵，应该诱敌深入，然后伏兵截取。"

11. 这建议甚合朱元璋心意，两人复出与部下共议。刘基对大家说："投降逃跑之说，都是懦夫之见，不宜再议。我军应以逸待劳，设伏待敌，胜利是有把握的。"说降说走的部将均低头不语。

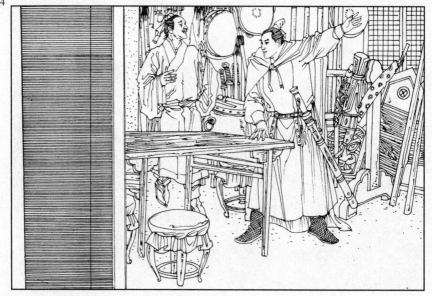

12. 众人散后，朱元璋沉思着：如何能尽快诱陈友谅纵兵深入？他来回踱步思考了一阵，命人召来元朝降将、陈友谅的老友康茂才。

13. 康茂才奉命来到。朱元璋说："你与陈友谅有过交情，想请你立即写一封诈降书给他，约他赶快分兵进攻应天，你作内应，如何？"

14. 康茂才说："陈友谅毫无信义，杀害我同乡好友徐寿辉，我正欲为此报仇。茂才愿遵尊命，万死不辞。我家有一名老仆，熟识陈友谅，让他去送信，陈友谅必信无疑。"

15. 康茂才回府后，立即写了诈降书，交给老仆，并再三嘱咐，要沉着冷静，千万不得露出破绽。老仆领命出发。

16. 陈友谅接到康茂才的信，见信上写道："建议分兵三路攻打应天，茂才所部据守应天城外江东桥，愿作内应，诓开城门，可直捣帅府，擒住朱某……"陈友谅虽然欣喜，但还是反复盘问老仆。老仆按茂才嘱咐回答，情真意切。

17. 陈友谅对老仆说："请速回告茂才，我即分兵三路攻取应天，到时以'老康'为暗号。"老仆人临走，陈友谅又问："茂才守卫的江东桥，是木桥还是石桥？"老仆答道："是木桥。"

18. 老仆告别后，陈友谅封的太尉张定边对陈友谅说："主公，康茂才是否诈降？"陈友谅摇头说："我军势如破竹，谅他不敢！"

19. 老仆回到应天，康茂才当即向朱元璋详细禀报。朱元璋笑笑说："陈友谅入我彀中了。"为了防止康茂才的诈降变成真降，朱元璋命部将李善长当夜又将江东木桥改造成石桥。

20. 第二天，陈友谅调集水陆两军，亲率战船数百艘顺江而下。前哨进抵大胜港，遇朱元璋部将杨璟阻击，无法上岸。

21. 陈友谅见新河航道狭窄，船队难以灵活进退，遂下令从大江直扑江东桥，以便与康茂才里应外合。

22. 船抵江东桥，见是一座石桥，陈友谅不禁怀疑，急令部属高喊"老康"，可是喊了多时，无人答应。陈友谅心知中计，急命兄弟陈友仁领水军冲向龙湾。

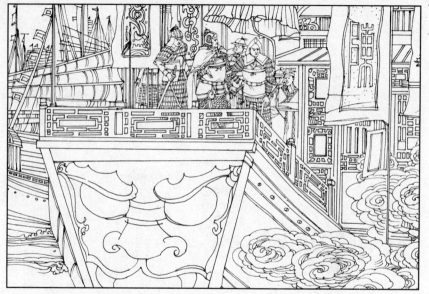

23. 几百艘战船在龙湾水面聚集。陈友谅下令派一万精兵弃船登陆，修筑工事，打算水陆并进，强攻应天。

24. 朱元璋率众将在卢龙山（今南京狮子山）顶指挥作战，此时正值酷暑，他见将士们汗流浃背，遂命人撤去自己用的黄罗伞，与部属一样晒于烈日之下。众将士见了无不感动。

25. 这时，卢龙山顶突然挥动黄旗，擂响战鼓。朱元璋的大将常遇春率军自左面杀来，大将徐达率军从右面杀来，冲向陈友谅修筑工事的一万精兵。这些人尚未列阵，就被冲得大乱。

26. 陈友谅见情况危急，大呼"三军休得恐慌，后退者斩"！然而这一万精兵已死伤不少，失去指挥，纷纷向江边败逃，争先登船。

27. 陈友谅慌忙下令起碇开船。岂料此时正逢退潮时刻，百来艘战船全部搁浅。常遇春军与徐达军乘势登船追杀，陈友谅军或投水逃命，或被杀被俘，溃不成军。

28. 陈友谅和太尉张定边眼见败局已定，难以挽回，急忙逃离指挥大船，跳进小舟逃跑。这一仗，朱元璋军共歼敌五万多人，俘虏二万余，得大战船百余艘，小船数百只。

29. 朱元璋登上缴获的指挥船，见到陈友谅失落的文件中有康茂才的诈降书，不禁大笑道："陈友谅，真是个呆鸟！"

30. 在整个战斗过程中，张士诚始终守境观望，不敢出兵。朱元璋遂接着出兵追击陈友谅，夺回安庆、太平，又进取信州（今江西上饶）等地，为以后彻底消灭陈友谅军奠定了基础。

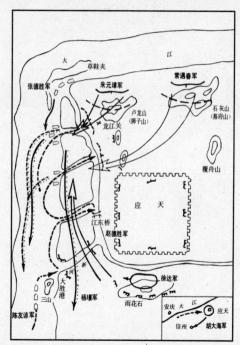

应天之战示意图

孙 子 兵 法
SUN ZI BING FA

战例　**李世民疑兵退突厥**

编文：良　军

绘画：镇　中　成　忆

原　文　夜战多金鼓，昼战多旌旗。

译　文　夜战多用金鼓，昼战多用旌旗。

1. 隋炀帝杨广杀父即位后，营建东都，修造西苑，拓宽运河，巡游各地，声色无度……百姓被逼得无法生活，各地农民纷纷起事。

2. 北方的少数民族突厥，乘隋炀帝朝政腐败、连年用兵之机，又发展强盛起来，时时威胁着隋朝北方。

3. 为了削弱突厥的力量，杨广采用大臣裴矩的建议，诱杀了突厥颇有谋略的部落首领史蜀胡悉。于是，东突厥首领始毕可汗与隋断绝了关系。

4. 隋炀帝大业十一年（公元615年）秋，杨广率群臣出巡北方边陲，正遇连日降雨，道路泥泞难走，所带帐幕不足，大部分随从在雨中露坐待旦。

5. 始毕可汗得悉杨广北巡陷于困境，当即率十万骑兵前来袭击。

6. 杨广得到东突厥大军要来偷袭的消息，急忙下令驱车进入雁门郡城
（今山西代县西）。

7. 突厥骑兵追来，将雁门郡城围得水泄不通。始毕可汗率兵急攻，箭矢竟射到杨广下榻的地方。

8. 雁门城内军民有十五万之众，存谷仅够吃二十天，形势十分紧急。只知享乐的隋炀帝焦急异常。

9. 在无可奈何之中，杨广只得亲自慰劳守城将士，封官许愿：只要能守住此城，今后一定论功行赏。无官直提为六品，有官依次提升。

10. 杨广又采纳民部尚书樊子盖的建议，把诏书系在木棍上，"投汾水而下，募兵赴援"。

11. 隋朝右骁卫将军李渊的儿子李世民，当时仅十七岁。他胆略过人，见识非凡，应募在屯卫将军云定兴麾下。云定兴知道他是将门之子，又看到他既懂军事，又有韬略，就留他在身边做参谋。

12. 云定兴看到诏书，立即起兵，日夜兼程赶赴雁门。见突厥骑兵铺山盖野，围雁门数重。

13. 云定兴担心寡不敌众，难以退敌，遂向李世民问计。李世民说："始毕可汗之所以敢深入我境，兵围天子，肯定是以为我隋朝仓促之间不能调兵救援。我们正可据此定计。"

14. 云定兴点头说："好，继续讲。"李世民道："应该白天多设旌旗，数十里不绝，夜里金鼓相应，突厥以为我大军来援，必定望风逃遁。不然，彼众我寡，他们若全军来战，我们就难抵挡。"

15. 云定兴称赞这是很好的疑兵计，当即按计部署。白天遍插旗帜于周围山谷，数十里不绝，好像指挥调动着千军万马。

16. 晚上，各山间鼓角相闻，此起彼伏，如同传送号令、随时准备反攻。

17. 始毕可汗果然以为援军到了，不敢再攻雁门，转而安排防御，生怕前后夹击、全军覆没。

18. 相持了两天，突厥军粮草也不足了。始毕可汗遂撤围，率军北归。云定兴领兵随后追击，俘敌两千余骑。雁门之危遂解。

战 例 **刘邦夺敌士气战垓下**

编文：晓 基

绘画：邹越非 洪 寇

原 文　三军可夺气。

译 文　对于敌人的军队，可以使其士气衰竭。

1. 汉高祖四年（公元前203年）八月，汉楚议和，划鸿沟为界，"中分天下"。九月，项羽送还了彭城大战中扣押的刘邦的父亲和妻子，撤兵东归。

2. 刘邦也想西归，谋士张良、陈平劝说道："现在楚军士兵已经疲乏到极点，军粮也不充足，而我们已得三分之二的天下，正是灭楚的好时机。若是错过这个机会，那岂不是养虎遗患？"

3. 刘邦顿悟，于是利用项羽订立和约后引兵东撤时的麻痹疏忽，亲率大军追击项羽，并派人通知韩信、彭越同时出兵，合力歼灭楚军。

4. 汉高祖五年（公元前202年）冬，刘邦追项羽至固陵（今河南太康南），与楚军接战。由于韩信、彭越违约不来，汉军被打得大败。

5. 刘邦损兵折将，被迫坚壁自守。缺少韩信、彭越两支生力军，汉军难以争胜。刘邦采纳张良之计，裂地分封，划陈（今河南淮阳）以东至海的地区归齐王韩信；封彭越为梁王，也给予大片封地。

6. 使者携分封令一到，韩信、彭越果然马上出兵，前来会战。

7. 十一月，刘邦令大将刘贾南下，渡过淮河进入楚地，包围了寿春（今安徽寿县），并派人诱降楚九江守将周殷。

8. 周殷迎回九江王英布与刘贾合军北上；彭越率军由梁地南下；韩信率军西进，进占彭城（今江苏徐州）。楚汉战争的最后决战开始了。

9. 项羽已四面受敌，欲向彭城撤退，但为时已晚，只好转向南撤，退至垓下（今安徽灵璧南）。汉军紧追不舍，四面赶来。

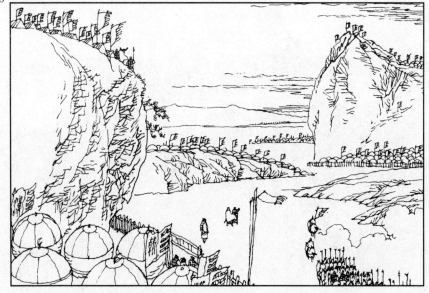

10. 汉军及会合后的各种诸侯兵共三十万，刘邦全部交给韩信指挥。韩信将全军分为十队，层层布阵，环环接应，整齐严密，气势夺人。

11. 项羽虽说兵败，但尚有兵马十万，项羽亲率的八千子弟兵更是锐不可当。初战，汉军以众击寡，获得胜利。项羽退守大营不战，韩信一时也无法将其击败。

12. 时值隆冬，北风肆虐，入夜更是寒冷不堪，楚军将士忍饥受冻，多有怨言。

13. 忽然，从汉营内飘出一片凄凉的楚歌，且伴有哀怨的箫声："寒月深冬兮，四野飞霜，天高水涸兮，寒雁悲怆。最苦戍边兮，日夜彷徨，披坚执锐兮，孤立山岗……"

14. 项羽听了不禁大惊失色，问身边的爱妃虞姬说："难道汉军已全部占领了楚地？不然，汉营中哪来那么多楚人！"

15. 其实，这是张良所施的攻心夺气之计。他把在楚地的英布的九江兵分散到各营，教所有的汉军将士唱楚歌，为的是彻底瓦解楚军斗志。

16. 楚歌声声不绝于耳:"虽有田园兮,谁与之守?邻家酒热兮,谁与之尝?白发倚门兮,望穿秋水,稚子忆念兮,泪断肝肠……"楚军将士听着这低沉凄怆的歌声,想到了家乡,想到了父母妻儿,不觉潸然泪下。

17. 于是，楚兵大多不愿再在这里等死了，先是三三两两偷偷离营，到后来就整批整批出逃。

18. 跟随项羽多年的将军，如季布、钟离眛（mò）见楚军的败局已定，也暗中溜走，就连项羽的叔父项伯也投奔张良去了。

19. 大将一走，士卒便一哄而散，数万大军只剩下个把将军、千余士兵。楚军就这样不战自垮了。

126

20. 项羽愁眉不展，饮酒消愁，慷慨悲歌："力拔山兮气盖世，时不利兮骓不逝；骓不逝兮可奈何，虞兮虞兮奈若何？"

21. 虞姬悲痛欲绝，持剑且歌且舞以和项羽："汉兵已略地，四方皆楚声。大王意气尽，贱妾何聊生。"舞罢自刎身亡。

22. 项羽强忍悲哀，率所剩八百余骑乘夜突围南逃，最终在乌江边（今安徽和县东北）被汉军追上。项羽自刎，楚汉之战至此告终。

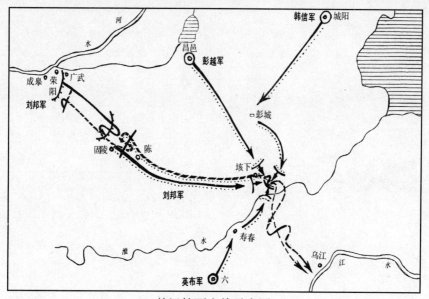

楚汉垓下之战示意图

孙 子 兵 法
SUN ZI BING FA